Une surprise pour M. GRAND

MONSIEUR MADAME

MONSIEUR MADAME

Publié pour la première fois en 1997 sous le titre : *A Surprise for Mr Tall.*

Une surprise pour
M. GRAND

Roger Hargreaves

hachette
JEUNESSE

Tous les matins, monsieur Grand se réveillait de fort méchante humeur.

Devine pourquoi ?

Tout simplement parce que ses jambes étaient trop longues !

– Quel malheur d'être aussi grand ! marmonnait-il en regardant ses jambes repliées qui faisaient une montagne sous les couvertures.

Voulait-il plonger dans la piscine de son ami monsieur Glouton ?

Splash !

À cause de ses maudites longues jambes, il s'écrasait lamentablement…

Décidait-il d'aller au cinéma ?

Il s'efforçait d'éviter les séances où le public venait nombreux car ses longues jambes, toujours elles, l'obligeaient à occuper plusieurs sièges.

Ce jour-là…

– Vous ne pourriez pas vous pousser ? Je ne vois plus l'écran !

Monsieur Grand reconnut la petite voix de madame Petite et se retourna.

Comme elle semblait minuscule et fragile, assise dans un immense fauteuil de velours rouge !
À la pensée d'avoir importuné madame Petite, monsieur Grand devint très malheureux…

… Si malheureux qu'il quitta la salle tandis que de grosses larmes roulaient sur ses joues.

Heureusement, madame Magie passait par là. Elle devina aussitôt la raison du gros chagrin de monsieur Grand.

« Que tous tes vœux soient exaucés ! Demain matin, tu auras rapetissé ! »

Et, pour la première fois depuis bien longtemps, à son réveil, monsieur Grand s'écria :

– Mais c'est un miracle ! en découvrant que ses couvertures ne formaient plus une montagne. Je suis débarrassé de mes longues jambes !

Fou de joie, monsieur Grand – désormais, il portait mal son nom ! – se précipita à la rencontre de ses amis.

– Bonjour, monsieur Costaud. Je suis monsieur Grand, vous me reconnaissez, n'est-ce pas ? Vous allez manger tous ces œufs ?

– Mon petit bonhomme, ces œufs sont destinés à la confection d'un gâteau !

De toute évidence, monsieur Costaud ne l'avait pas reconnu…

Madame Acrobate ne lui accorda pas davantage d'attention. Elle lui apprit seulement qu'elle aussi, elle allait faire un gâteau.

Avec une échelle ? Drôle de façon de faire des gâteaux,
n'est-ce pas ?

Mais enfin, qu'avaient-ils donc tous à faire des gâteaux ?

Bla bla bla… Et bla bla… Et bla bla…
Madame Bavarde apporta bientôt une réponse aux questions qui tourmentaient monsieur Grand.

– Ils sont tous occupés à préparer une surprise pour monsieur Grand ! lui confia-t-elle.

– Une surprise ? Une surprise pour moi ? Mais c'est merveilleux !

– Pas pour vous, espèce de rase-mottes ! Je vous ai dit pour monsieur Grand !

Préparer un gâteau d'anniversaire pour monsieur Grand ne fut pas une tâche facile. Il avait fallu des douzaines d'œufs, des kilos de farine, des litres de crème, des jattes de chantilly, mais quelle réussite !

Perchée sur son échelle, madame Acrobate termina cette véritable œuvre d'art en disposant les bougies d'anniversaire.

Lorsque monsieur Grand arriva chez ses amis, ceux-ci le regardèrent d'une drôle de façon.

Qui pouvait bien être cet étrange petit bonhomme tout rond ? Un pique-assiette ?

– C'est moi ! Je suis monsieur Grand ! Puisque je vous le dis !

Il eut beau insister, personne ne le crut.

C'est tout à fait normal, n'est-ce pas ?

« Un, deux, trois ! Grand tu seras ! »

Madame Magie fit descendre une pluie d'étoiles sur monsieur Grand, et ses jambes commencèrent à grandir, à grandir…

– Finalement, je me sens mieux comme ça ! dit-il, l'air radieux.

– Joyeux anniversaire !

– Joyeux anniversaire !

– Joyeux anniversaire, monsieur Grand !

– Joyeux a-nni-ver-saire !

Sous les applaudissements de ses amis, monsieur Grand commença à découper son beau gâteau.

Mais il n'était pas au bout de ses surprises.

Un lit à sa taille ! Voilà ce que ses amis lui avaient offert en cadeau d'anniversaire !

Ouf ! Fini, les jambes recroquevillées ! Désormais, chaque matin, monsieur Grand se réveillerait toujours d'excellente humeur.

Monsieur Grand embrassa tous ses amis
pour les remercier.

– J'ai toujours aimé les grands ! s'écria madame Petite
en rougissant.

Monsieur Grand n'en revenait pas ! Il regarda
son amie et…

… resta muet de surprise !

RÉUNIS VITE LA COLLECTION ENTIÈRE

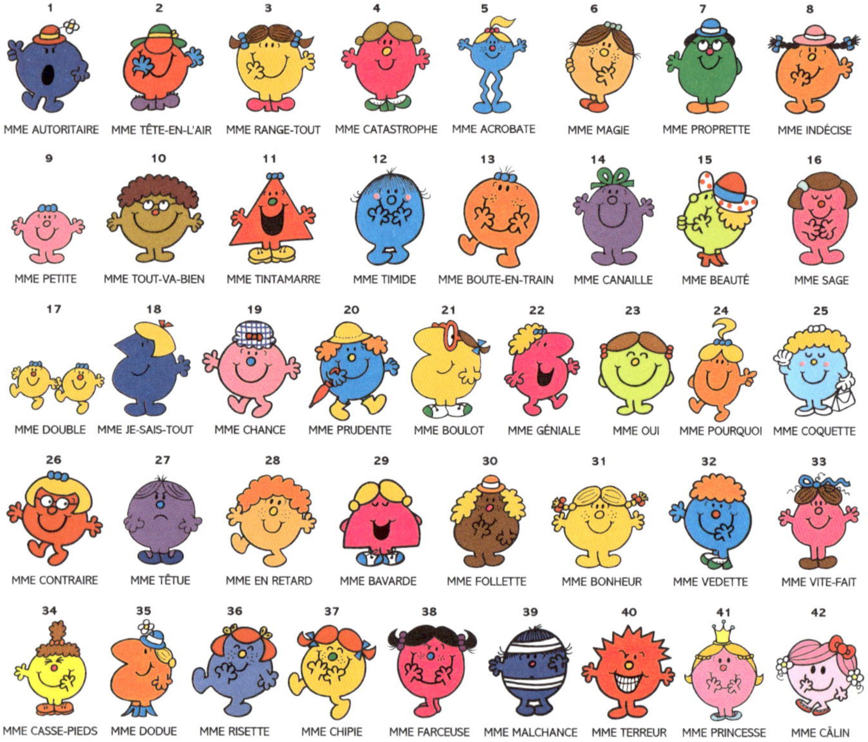

DES **MONSIEUR MADAME**

Adaptation : Josette Gontier
Édité par Hachette Livre – 43, quai de Grenelle, 75905 Paris Cedex 15
Dépôt légal : Juillet 2011
Loi n°49-956 du 16 juillet 1949 sur les publications destinées à la jeunesse.
Imprimé par Canale Bucarest en Roumanie.